LES
LIMONADIERS,

satire,

PAR

M. LEPEINTRE DESROCHES.

Ridiculum acri.

PARIS,

AU PALAIS-ROYAL.

ET CHEZ TOUS LES LIBRAIRES DE NOUVEAUTÉS.

1837

LES
LIMONADIERS.

Jusqu'à quand, ô Déesse à cervelle aliénée,
Sur la tourbe des sots devant toi prosternée,
Veux-tu faire pleuvoir ces iniques bienfaits
Dont tu sais des fripons couronner les méfaits,
Tandis que la vertu, la valeur, la science
A souffrir tes rigueurs ont tant de patience ?
Jusqu'à quand veux-tu donc, abusant l'univers,
Des destins des mortels décider de travers ?
Ah ! pendant vingt-cinq ans le public a pu croire
Que tu t'étais laissée entraîner par la gloire !
Que voulant désormais caresser les talens,
Tu ferais tolérer tes amis insolens !
On te vit en nos jours, oubliant le caprice,
Au génie inconnu montrer quelque justice ;
Mais de ce beau chemin t'écartant pour toujours,
Fortune, tu reprends tes premières amours !

Du moins de tous les temps, habile à te séduire,
L'audacieux surtout excitait ton sourire;
Et les yeux aveuglés faisais-tu des heureux,
Tu cédais tes faveurs aux plus aventureux.
Mais qui te fait sourire à la gent mercantile
Chez qui vont s'abreuver les bourgeois d'une ville?
L'audace? en aucun cas elle n'en eut besoin.
La finesse? Dans tout, hélas qu'elle en est loin!
Serais-tu par hasard aujourd'hui décrépite?
Mais non; la nullité, voilà le seul mérite
Qu'un siècle de progrès est réduit à t'offrir.
Allons, résignons-nous à la voir s'enrichir.
Bien plus, résignons-nous à faire par nous-mêmes
Le bonheur des marchands de liqueurs et de crêmes,
Afin qu'après dix ans de succès frauduleux,
Ils jouissent en paix de leurs gains scandaleux.

  Je blâme fort nos mœurs, tout en aimant les hommes :
Dois-je donc applaudir dans le siècle où nous sommes
Les nombreux charlatans toujours ingénieux
A tirer notre argent, ou fasciner nos yeux?
Paris peut, dites-vous, mépriser les critiques :
Quelle cité l'égale en superbes boutiques?
Comme on y sait flatter le gros des amateurs,
Et par là les forcer d'être consommateurs!
Ah! les cafés surtout, que même les provinces
Ont su presque égaler à des salons de princes :
Quel aspect éclatant s'offre de tous côtés
De divers ornemens avec art répétés!
Les murs ont disparu, leurs parois insipides
Sont garnis en tous sens par des glaces limpides,

Miroirs où des rayons les angles réflecteurs
Sont des mêmes objets vingt fois propagateurs,
Les font mouvoir ensemble en un ordre admirable,
Montrant ainsi vingt fois à chacun son semblable,
Et procurent aux sots, de leur face amoureux,
Le plaisir de se voir, et d'être contens d'eux.
Des lambris élégans les pompeuses bordures
Encadrent avec goût de savantes peintures;
Où, d'artistes fameux, par les grands délaissés,
Le public reconnaît les pinceaux exercés.
Là ce sont des sujets gracieux ou grotesques;
Ici, pleins de fraîcheur, brillent des arabesques,
Des nymphes, des amours, des oiseaux et des fleurs,
Dont le dessin répond à l'éclat des couleurs.
Enfin de ces décors la foule, dans la rue,
S'amasse à chaque instant pour contempler la vue.
Mais si je vous disais l'argent qu'ils ont coûté!
Vous seriez stupéfait en m'ayant écouté.
A deux cent mille francs on en porte le compte!...
Ah! peut-on s'écrier, c'est vraiment une honte,
Lorsque dans ce Paris où foisonnent les maux,
Qui s'encombre de boue et manque d'hôpitaux,
Deux cent mille habitans, voués à l'indigence,
Meurent sur des grabats, minés par l'abstinence,
Des cafés fastueux établis à grands frais
Insultent leur misère et singent les palais!...
Mais sachons retenir l'ardeur déclamatoire;
Cette haute morale est bonne pour l'histoire;
Et taisant ce qui fait l'absence des vertus,
De la société ne voyons qu'un abus.

J'en parlais à quelqu'un d'un âge respectable,
Côte à côte de moi , déjeunant à sa table.
Les fonds qu'a consumés cet endroit si pompeux,
Lui dis-je, auraient suffi pour faire deux heureux ;
Et je ne conçois pas que son propriétaire
N'ait pas trouvé plus court d'acheter une terre,
Où loin de tout péril, exempt de tout tracas,
Il pourrait savourer un bonheur sans fracas.
Ah ! répond mon voisin, cette idée est trop belle
Pour qu'un limonadier l'accueille en sa cervelle.
Voyez donc celui-ci : sa taille de courtaud ,
Son crâne étroit et plat, son visage rougeaud,
Son ton servile et bas, sa grosse bonhomie,
Et sa vulgarité de physionomie ,
Ne vous disent-ils pas : Je suis du rang des sots ?
La bêtise en ses yeux s'annonce avant les mots.
Comment voudriez-vous que dans cet être ignoble
Surgît un sentiment, une idée un peu noble ?
Mais tournons la médaille, et sachez que dailleurs
Cet homme si commun, de fonds a deux bailleurs.
Voyez-vous du comptoir la pimpante déesse ?
Naguères , d'un banquier elle était la maîtresse,
Et d'un prince, en secret, elle fut la Vénus.
Un Vulcain s'est offert, mannequin des Plutus ;
Il est peu délicat, et mari pour la forme,
Il n'a vu que l'attrait d'un avantage énorme ;
Par les deux protecteurs , ensemble cotisés ,
Cinq cents bons mille francs se sont réalisés;
Et déjà d'un marmot s'il passe pour le père,
Qu'importe ! Il gagne gros, et son café prospère.

Ah ! c'est différent, dis-je, et d'un tel parvenu
Le roman si honteux ne m'était pas connu.
Cela m'étonne peu : dans cet âge cupide,
Le succès est pour l'homme en bassesse intrépide ;
On va vite à présent, quand on a du bonheur,
Et bien plus vite encor, quand on est sans honneur.
Oh ! reprend le voisin du ton de l'ironie,
Vous êtes bien naïf dans votre acrimonie !
Vous feriez beaucoup mieux de vous montrer vexé
Du prix auquel ici tout liquide est taxé.
— Hélas ! je le sais trop, devenus nécessaires,
Les maîtres des cafés sont d'avides corsaires
Qui savent rançonner ceux qu'un sort malheureux
Condamne à ne pouvoir être servis chez eux.
Si d'eau chaude noircie ils vous comptent la tasse
A trois fois sa valeur, ils vous font une grâce ;
Si d'un lourd chocolat, dont l'apprêt est tardif,
Ils servent l'aliment assez peu digestif,
Vous devez leur payer cinq fois ce qu'il leur coûte,
Sauf un très-petit pain, dépouillé de sa croûte ;
Si de la bavaroise en horreur à Saint-Foix,
Pour un triste souper vous osez faire choix,
Ce sera bien plus cher, car dans leur exigence
Ils savent imposer même la tempérance.
    Mais à quoi doivent-ils surtout leurs grands succès ?
A la folle gaîté qui dispose aux excès.
D'un punch réjouissant le facile artifice,
Leur procure sans peine un trop grand bénéfice.
Vous qui de ce nectar voulez vous enivrer,
Sachez par vos seuls soins vous en faire abreuver !

Pour tout limonadier le punch est un Pactole;
Alors qu'il le fait bon, même encore il vous vole.
Mais des cafés brillans le bourgeois trop épris,
Ne sait qu'ouvrir sa bourse et se soumettre au prix;
Pour vivre dans le bruit il fuit son domicile,
Et met tout son bonheur à s'ébaudir en ville;
Si les limonadiers se font cinq cents pour cent,
S'il est dupé par eux, qu'y faire? Il y consent.
Quant aux gens isolés, qu'un revenu modique
Force de vivre au loin du foyer domestique,
Ils sont les serfs de droit de ces industriels,
D'un Paris onéreux fléaux essentiels,
Serfs qui par leurs ennuis devenus misérables,
Sont chaque jour pour eux à merci main-mortables.
C'est cela, me répond mon interlocuteur,
Qui m'avait appuyé d'un rire approbateur;
Mais de ce café-ci, ce qui vous dédommage,
C'est d'un local doré le splendide entourage;
D'autres vous offriraient bien plus à critiquer
En choses de tout genre et faites pour choquer.
Mon homme avait raison, car dans un jour néfaste,
Avisant un café qui n'avait point de faste,
Je projetai d'y faire, en un accès gourmand,
Un repas substantiel, quoique peu chèrement.
L'aspect de l'étalage avait su me séduire:
Qu'il est rempli d'attraits le rognon prêt à cuire,
Pour celui dont la faim a ces élans si vifs
Qu'éprouvaient les héros des âges primitifs,
Dont l'appétit du siècle a méconnu les vices,
Et conserve l'ardeur des estomacs novices!

Mais toujours modéré, me bornant au Mâcon,
De ce vin, faux ou vrai, je ne pris qu'un flacon.
On m'avait accablé d'abord de déférence ;
Je ne suis plus servi qu'avec indifférence.
Le garçon que j'appelle est pour moi nonchalant ;
Il réserve ses soins pour un meilleur chaland ;
De son attention il m'a jugé peu digne ;
S'il veut bien m'écouter, quelle faveur insigne !
Il me répond enfin d'un ton presque grondeur ;
Ses maîtres au comptoir contrefont la grandeur ;
Fiers d'êtres fréquentés par quelques gros notables,
Ce n'est que pour eux seuls qu'ils se montrent affables.
Ils ont pris le haut ton de leurs habitués ;
Mais d'orgueil bien plus qu'eux ils sont infatués.
Je demande la carte, on feint ne pas m'entendre ;
Pendant long-temps encore on me la fait attendre.
D'un petit déjeuner quel taux exorbitant !
Avec quel froid dédain on en prend le montant !
Aux mauvais procédés je fus toujours sensible ;
Mais je devins ici tout-à-fait irascible ;
Les esprits échauffés, prêt à faire un éclat,
J'apostrophe le maître, homme au visage plat,
Se pavanant alors avec cérémonie
Pour maintenir du lieu la tranquille harmonie.
« Allez, dis-je assez haut, vos grands airs affectés
De l'odeur du torchon sont par trop infectés.
Apprenez franchement, sans détour oratoire,
Que votre seule place est au laboratoire ;
Que loin de vous targuer d'un insolent bonheur,
Vous devriez trouver qu'on vous fait trop d'honneur ;

Si d'écorcher les gens vous êtes sans scrupule,
Au moins ne prenez pas de choquant ridicule ;
En petit Turcaret vous pouvez parvenir ;
Mais n'anticipez pas sitôt sur l'avenir. »
La harangue était vive et peut-être emportée,
Car l'humeur en avait dirigé la portée.
Cet homme cependant sous l'offense pliant,
Vers moi, pour se défendre, accourt en suppliant ;
Dans son air tout contrit la stupeur est empreinte ;
L'esclandre en son café, c'est là sa grande crainte.
« Eh ! mon cher, » me dit-il d'un ton piteux et bas,
« Vos yeux fixés sur moi ne me remettent pas ?
Ressouvenez-vous donc d'un ami de collége,
Ignorant par paresse et sot par privilége,
Cet Auguste, qui fut compagnon de vos jeux,
Pour l'étude en tous temps d'un béotisme affreux.
Voulant prendre un état qui convînt à ma tête,
J'ai dit : Sois cafetier, c'est le lot d'une bête.
Pour faire sa fortune au hasard des passans,
Que faut-il en boutique ? Avoir un gros bon sens.
Par un léger prestige et de bonnes denrées,
Cent pratiques chez moi, chaque jour attirées,
M'apportent leur tribut en fidèles gourmets,
Prisant fort peu ma mine et savourant mes mets.
Ah ! mon ancien ami ! vous dont l'esprit est juste,
Dans son heureux café laissez le pauvre Auguste !
Il parle aux pairs de France, il a rang d'électeur ;
La veuve et l'orphelin en font leur protecteur ;
Pour enraciner mieux ma souche sur la terre,
De l'un de mes deux fils je dois faire un notaire ;

Le second plus ardent, d'esprit plus délicat,
Promet de devenir un fameux avocat.
Il faut un million à leur malheureux père....
Voudriez-vous troubler cet avenir prospère?
Tenez, pour vous prouver que je suis libéral,
Acceptez chaque jour d'un bifstek le régal,
Que vous arroserez d'un Beaune sans mélange :
C'est ainsi qu'une affaire entre grands cœurs s'arrange. »
    Ma foi! ce plaidoyer glissé d'un ton si doux,
Par ses détails naïfs, désarma mon courroux.
« Eh bien! » dis-je à cet homme à la face commune,
« Autant que vous voudrez poussez votre fortune ;
Je ne l'envîrai point, bien que faite aisément ;
Du sort je vois en vous un heureux instrument;
Mais par les gens d'esprit sachez vous faire absoudre,
Ou bien à leur mépris il faudra vous resoudre ;
Et qu'à force d'égards votre rapacité,
Paraisse à nos badauds de la capacité.
Adieu donc pour long-temps. » Et dans ma flânerie,
De cent autres cafés j'ai vu la galerie,
D'un public vagabond errant observateur,
Et de tous les travers morose scrutateur.
    Ah ! qu'on est malheureux, veuf ou célibataire,
De se voir des cafés devenu tributaire !
Et qu'à l'homme qui pense ils offrent peu d'appas,
Pour charmer ses loisirs, ou prendre ses repas!
S'il séjourne en ces lieux empestés d'hydrogène,
Ses poumons, oppressés dans une sourde gêne,
Impriment à son sang un cours désordonné,
Par la transfusion d'un air empoisonné ;

Des meutes de joueurs les voix retentissantes
Expriment les débats en clameurs glapissantes ;
Sans compter que du poing se meurtrissant les os,
Ils brisent par dépit les frêles dominos.
Mais arrive soudain une bande animée,
Qui du cigarre encor fait sentir la fumée :
Ils sont tous à la fois confus déclamateurs,
Et vont être bientôt de grands consommateurs.
Importuns de gaîté, comme de turbulence,
Ils décèlent partout leur nouvelle opulence ;
Le public est forcé d'écouter leurs propos,
Et leur langue et leurs corps n'ont jamais de repos.
Mais réprimons ici toutes plaisanteries,
Ce sont des matadors de plusieurs industries,
Les souverains du jour, charpentiers et tanneurs,
Déchireurs de bateaux, maçons, entrepreneurs,
Respectables seigneurs de la classe moyenne,
Que reconnaît pour chefs la garde citoyenne.
En affaires d'argent, ce sont de vrais lions,
Et pouvant réunir quatre ou cinq millions ;
Ils savent calculer autant qu'ils savent boire,
Trop fins pour se laisser leurrer de vaine gloire.
C'est dommage pour eux que leurs fronts raccourcis
Trahissent au-dehors leurs cerveaux rétrécis.

Quiconque au café va pour voir et pour entendre,
Qu'il se place en un coin et ne fasse qu'attendre,
Bientôt arriveront tous ces originaux
Qui font leurs cours d'étude en lisant les journaux ;
Ces bavards fatigans qui parlent tous ensemble,
Que la niaiserie ou la bière rassemble ;

Ces bouchers amenant des dogues avec eux
Que l'aspect seul d'un chat en public rend hargneux ;
Ces visages suspects de gens dont l'apparence
Dit que pour un grand coup ils sont en conférence ;
Ces manans à jurons échappés des faubourgs,
Dont les rustiques voix feraient honte aux tambours ;
Enfin tant de fâcheux créés par la nature
Qu'un jour ne suffirait à leur nomenclature.
     Dans un autre café, propre sans apparat,
Je me sens affecter les yeux et l'odorat.
Que font-ils en ces lieux tous ces octogénaires?
Ces infirmes hideux, ces valétudinaires ?
Le menton sur leur canne, ils sont dans un repos,
Qui n'est jamais troublé par leurs graves propos.
Je les prenais d'abord pour un cercle de sages ;
Mais j'aperçus la mort luire sur leurs visages.
Quelques sales crésus, avares, mécontens,
Circulent autour d'eux pour employer leur temps ;
Ils épargnent ainsi le bois et la lumière,
En gardant la vertu de la limonadière,
De leur caduc aspect attristant les billards....
Mais ce café devient l'hospice des vieillards ;
C'est le seuil du tombeau que ce lieu misérable.
Je fuis donc, et je suis dans un air respirable.
Ah! j'en trouve un nouveau ! C'est un café joyeux ;
Là sont les petits-fils, l'autre est pour les aïeux.
On y voit voltiger la jeunesse naissante,
La seule maintenant qui soit effervescente.
Bien ! j'aime à contempler cette fougueuse ardeur,
Si rare dans ce temps d'égoïste tiédeur.

Quand j'entends ces discours que la liqueur enflamme :
Bon ! ces jeunes bavards, me dis-je sont pleins d'ame ;
Ils sont, par sentiment, généreux, libéraux ;
Peut-être quelque jour ils seront des héros.
Hâtons-nous d'applaudir à ces jeunes courages ;
Ils se feraient un jeu d'affronter les orages.
Pourvu que l'intérêt ne vienne à pervertir
Ces cœurs lorsque le vice aura su les flétrir !
Hélas ! pour eux ici certain charme adultère
Provoque des plaisirs ébauches de Cythère !
Une nymphe aux yeux noirs prodiguant les égards
Darde de tous côtés le feu de ses regards ;
Ses appas sont aidés par un adroit costume ;
Peut-être elle éteindra les flammes qu'elle allume ;
Elle convient déjà tout bas d'un rendez-vous,
Comptant pour moins que rien son idiot époux,
Sorte de Ragotin à mine de cosaque,
Qui dix ans d'un garçon a porté la casaque....
Mais qui vient m'aborder ? Ah ! oui, c'est Albertin,
Ce jeune étudiant qui n'est pas libertin.
Cependant c'est en vain qu'ardent à ses études,
Il consume ses nuits en travaux des plus rudes ;
Dans son crâne serré son esprit est captif,
D'ailleurs de corps agile et de muscles actif.
« Ah ! je suis désolé, me dit-il, la nature
N'a fait de moi qu'un sot, ainsi que la lecture ;
Et je mourrais de faim à me faire avocat ;
Par grâce indiquez-moi quelque facile état. »
Ce garçon me touchait, soudain ma tête creuse
Enfante une pensée ; elle était lumineuse.

» Mon bon ami, » lui disje, avec l'air égaré
D'un chercheur de trésors, par le diable inspiré,
« Parmi tous les métiers qu'on exerce en Europe,
Le métier le plus sûr.... c'est celui de Procope.
Partez donc dès ce soir pour le pays natal,
Afin d'y rassembler un petit capital ;
A bas prix, s'il le faut, vendez votre héritage ;
Chez l'usurier, de plus, osez tout mettre en gage ;
Puis revenez après, plein d'un dessein profond,
Etablir d'un café le vaste et nouveau fond.
D'avance retenez la place à vous connue
D'une maison vacante en un beau coin de rue.
Je ne vous dirai pas : Distinguez-vous exprès ;
Pour étonner Paris ruinez-vous en frais ;
Le luxe est le secret qui procure la vogue ;
Sur le fleuve du gain, c'est ainsi que l'on vogue.
Non. Mais envers chacun agissez largement :
Que toujours dans sa tasse on verse abondamment ;
Que la crême soit pure et les portions fortes ;
Lors vous verrez bientôt accourir par cohortes
D'abord les amateurs de tous cafés nouveaux,
Et ceux qu'ont dégoûtés vos maladroits rivaux ;
Surtout si prenant moins en augmentant la dose,
Vous rabaissez d'un quart le prix de chaque chose.
Favori du public, vous ne tarderez pas
A vous voir enrichi presque sans embarras.
En peu d'ans au niveau des gros propriétaires,
Par les tributs levés sur nous tous prolétaires,
Vous deviendrez seigneur d'un des plus beaux châteaux
Qui d'un vignoble ancien domine les coteaux ;

Vous serez gros et gras, vous donnerez des fêtes ;
Et vous serez classé parmi les fortes têtes ;
Et vous aurez le droit, votre argent à la main,
De ne voir qu'en pitié le pauvre genre humain ;
Et de vos descendans illustrant l'enfilade,
Vous vous ferez nommer marquis de Limonade.

FIN.

Imprimerie de Henri Dupuy, rue de la Monnaie, 11.